君子作歌

李瑾 著

江苏凤凰文艺出版社

图书在版编目（CIP）数据

君子作歌 / 李瑾著. —南京：江苏凤凰文艺出版社，2022.10
 ISBN 978-7-5594-7024-9

Ⅰ.①君… Ⅱ.①李… Ⅲ.①诗集–中国–当代 Ⅳ.①I227

中国版本图书馆CIP数据核字(2022)第126904号

君子作歌
李瑾 著

出 版 人	张在健
责任编辑	李　黎
特约编辑	郭　幸
装帧设计	有品堂_刘　俊
封面题字	王　宇
责任印制	刘　巍
出版发行	江苏凤凰文艺出版社
	南京市中央路165号，邮编：210009
网　　址	http://www.jswenyi.com
印　　刷	苏州市越洋印刷有限公司
开　　本	787毫米×1092毫米　1/32
印　　张	5.75
字　　数	85千字
版　　次	2022年10月第1版
印　　次	2022年10月第1次印刷
书　　号	ISBN 978-7-5594-7024-9
定　　价	58.00元

江苏凤凰文艺版图书凡印刷、装订错误，可向出版社调换，联系电话 025-83280257

目 录

想起额济纳旗 / 1

苍穹，及另一种陈述 / 2

吉 首 / 3

耕 作 / 4

平 衡 / 5

空林秘语 / 6

热 烈 / 7

不确定的经过 / 8

饮茶礼 / 9

傍晚，在河畔走神 / 10

一条路让无法逃避的人显现旧身 / 11

静夜之外 / 12

倾 听 / 13

存在即不存在 / 14

生 活 / 15

无辜者 / 16

津门小憩 / 17

清晨,一种热闹的寂寥在重复 / 19

雕　像 / 20

无人之境 / 21

"艺术史" / 22

山水之间 / 23

当地铁背负上生活 / 24

暮晚,读匕首记 / 25

我的旷野,我的孪生兄弟 / 26

但　愿 / 27

我看到了不为人知的东西 / 28

意　念 / 29

泡　沫 / 30

城　市 / 31

将欲晓 / 32

律诗,自结尾处返还 / 33

都城没有几人,这不是我们的家乡 / 34

三沙,和阳光交谈 / 35

水陆面积 / 36

想　法 / 37

叼骨之狗 / 38

玉　米 / 39

我和草原站在彼此的位置 / 40

画中人说 / 41

述秋帖 / 42

当我在一幅画里移动 / 43

遗　址 / 44

夜行者说 / 45

执　念 / 46

传　说 / 47

祷　辞 / 48

终其一生，不过是站在原点安静失败 / 49

致《消失的爱人》/ 50

浆　果 / 51

歌　唱 / 52

地下铁笔记 / 53

我想血缘并非一个和平的问题 / 55

醉酒者说 / 56

惊堂木 / 57

回　音 / 59

正午在黄昏之后 / 60

落日一景 / 61

蔬　菜 / 62

黄昏肖像 / 63

黄夜而歌 / 64

空房子 / 65

空间，新生儿 / 66

正被取走的即景 / 67

人　间 / 68

品茶，有杯子出现不易察觉的裂缝 / 69

即时之得 / 70

辽远帖 / 71

新世界 / 72

生　活 / 73

大　地 / 74

浴女·油画之一 / 75

夜空断想 / 76

在大剧院听歌剧 / 77

静　物 / 78

草，一种玄想 / 79

行　者 / 80

请将夜晚比作一件繁华落尽的衣裳 / 81

宇宙法则 / 82

雨中之曲 / 83

变　数 / 84

壁画印象 / 85

世相一景 / 86

慈悲咒 / 87

祈　祷 / 88

站台，一阵幻想早于出发 / 89

空椅子 / 90

放　牛 / 91

遗　弃 / 92

童　年 / 93

一滴水 / 94

歌　剧 / 95

必须在沉睡或告别之前学会无端追问 / 96

午夜影院 / 97

春窗，翻书 / 98

一日，吃斋 / 99

标　志 / 100

一束光 / 101

清早，目击未了的人迹 / 102

世界之一日 / 103

摘草莓 / 104

生　灵 / 105

变　化 / 106

清　醒 / 107

每条路上都有一个陌生的亲人 / 108

世　事 / 109

迎春花 / 110

梦中，来到海拉尔 / 111

夜　晚 / 112

在树下哭泣的女人 / 113

海平面，摄影者 / 114

跋　涉 / 115

天气预报 / 116

断　念 / 117

谶书之一 / 118

步行者说 / 119

牧羊人说 / 120

静物，在变动之中 / 121

爸爸，我从哪里来 / 122

米　芾 / 123

出行图 / 124

杀　鱼 / 125

物质之钟 / 126

劳　动 / 127

"我是自己的谋杀者" / 128

某刻，仅有的知觉 / 129

蓬莱苑 / 130

夜半歌声 / 131

灵境胡同口 / 132

望月辞 / 133

中秋辞 / 134

西班牙《海市蜃楼》，一种剧情在反转 / 136

水　殇 / 137

钓鱼归来 / 138

小　憩 / 139

理想国 / 140

一位极限运动员的素描 / 141

舞　台 / 142

亚洲大酒店：晨跑 / 143

倾　听 / 144

家　事 / 145

致一位老母亲 / 146

豆腐匠 / 147

幻　想 / 148

反光镜 / 149

来年儿和他的蔬菜 / 150

修辞兼或主谓宾语 / 152

家　庭 / 153

傍晚，在三里屯 / 154

房后檐下 / 155

寻　常 / 156

园　子 / 157

地　震 / 158

寒冷中，我欠自己一个怀抱 / 159

鹦鹉之舌 / 160

家，一种态度 / 161

夜·火锅 / 162

伏　夏 / 163

江西·朱耷衣冠冢抒怀 / 164

阿克苏 / 165

跋　"平常"诗学是如何展开的 / 166

想起额济纳旗

在德记烤肉店,羊的各个部位被切割
开来,腌制在洋葱和酱料中。这让我
想起北方,濒临燃烧的草料
和正祈祷的经幡
一只羊跟着一群白云在伟大
而暧昧的鞭子下向远方凝望。停顿了
裹尸布以及走投无路的胡杨,牧人的

孩子女人撑起不可胜数的砾石和帐篷
很远处,老鹰衔来温暖的葬礼,有人

歌唱,在蓄满赞美的遗体旁。我也在

歌唱,我擎着刀叉敲打着盘子:食客
在羊骨离开之前献上一次完整的埋葬

苍穹，及另一种陈述

登上三楼，房前的树木更近了，但是
天空依旧玄远，宇宙中的黑洞和恒星
依旧在忠诚地
围绕沙漠飘浮。我庆幸自己能
观察到这一切，能深刻地发现
自己在生存和
毁灭之间是多么孤单，只不过，孤单
仿佛是更原始的人类，它们把我当作

篝火，而那些明灭不定的星子是另外
一种等待涅槃的蝴蝶。此刻站在三楼

身后是书房、桌椅和有条不紊的凌乱
凌乱相对人世是更清晰和永恒的表达

吉 首

湘西有十万大山和乳房饱满的猕猴桃
悬崖之上有人举着火把在自己身体里
赶尸,念念有词
古老的孩子和神情肃穆的刀斧
只有女人是温柔的,因为她们
替走不出悬崖的
内河生下了腊鱼。祭祀、赶场,赤脚
穿戴吉服的姑娘,和突如其来的列车

举行着一场世俗性婚礼。我闭上眼睛
即将临盆的苦难有草尖般碧绿的幸福

耕　作

眼前只是一小块土地。我确信每一日
都是群山，时间不确定，如同我难以
数清的枝蔓，今日元日，一些
祝福在远方蓄势待发
一些则留在心里不会
去尝试表达。能在嘀嘀嗒嗒的
行走里面种下什么，怀念、同情还是
遥不可攀的期许？也有可能是舍弃或

遗忘，舍忘都是我们立身必不可缺的
空间——人世如此浮薄，眼前这小块

土地或者说我的身体正承受着温柔的
责难，而这恰是一年曲折有致的谷物

平　衡

一年中的第一天总会有些意外，比如
一头麋鹿抬起头来会在云中看到自己
好看的蹄印，但这不代表
谁会在苍穹
里面行走，只不过意味着
我们总可以找到自己的对立面：一个
中间包含着另一个，是空洞或缥缈让

两个相互对视的物质保持结构性平衡
这样说来，最初的一天即是最后一天

迈向崭新的我们在向自己告别。没有
意外，一切在获得中历数自己的失败

空林秘语

密林之中空无一人,一些细小的阳光
穿过枝头发出呜呜之声。我喜欢冬天

因为万物一种颜色,它们更便于识认
因为落叶抬高一尺我看到空旷的土地

上面蓄积着沸腾的孤寂。现在,动物
已收起自己的影子,唯有树根是活的
它们穿过我脚下的
岩石,潜回到昨夜
汲取着水分。时值正午,群山以远观
代替奔波,而我,一个小小的过客则

以漫无目的的幻想代替拯救,没有谁
怜悯一张庸常的脸,它是偏执的个体

热　烈

今天晚上，端坐在全羊周围的人怀揣
微笑和温柔的刀斧。当然，草原依旧
茂盛，神依旧站在
我们看不见的地方
风吹动着遥远的经幡哗哗作响，我们
举杯，欢笑，地上铺满了日历和某种

被修剪过的光束。时间似乎并不存在
我们热烈地交谈，只有埋伏在地面的

影子作出了回应。哦，我真想说我们
有羊一样的桌椅和可放弃挣扎的迷途

不确定的经过

途经狭长的野山坡,树木不是熟悉的
绿色,也没有狡猾的小兽在内心里面
出没,蓝天退回白云之中
而我,一个卑微
之人退回缓慢的
风景里面。这个时候适合
沿着水走,一切皆是流动的,除了风
风跟着人,如同坚硬的童年让人无法

拒绝。无法拒绝的还有那不期而遇的
时代,我们正承受馈赠及集体的诉说

唯野山坡冷静地面对失败和永恒分别

饮茶礼

注入水,我们等待的不是矜持的波涛
首先是大火然后是山冈在练习着吞没
人来之前,我们提前布下
暮晚,有人
会在并不确定的水域横渡
我们谈起天气和理想的生活,倒立的
昨日回来了,这正是现实支付的酬金

我一直怀疑灯火是黑暗的,比如现在
端起的有看不清楚的精舍:肉体无望

直到被窗子收留。我们交谈时心情正
在燃烧,水里蓄满从容的悲观和希望

傍晚,在河畔走神

此时我对河流的汹涌一无所知,冰上
几个儿童在传递白云。我倾向于认为
北方的寒风过于料峭
丝丝颤抖
在密林间建立起置身
事外的命运。看不见鸟儿,整个堤岸
收起青苔但忘记关上傍晚,雪在远处

酝酿着降落,一位久未抛竿的人面对
卵石选择了等待。我猜想,天空落在

山中和窗下是同样重要的事情,就像
冬天,将我和不甘的东西正一起掩埋

一条路让无法逃避的人显现旧身

树下，蛰伏的小兽在温习个体的命运
落叶被无情分解，只因为它们正忙于
自身的毁坏和汹涌
这个时候，我忙着
等待斜阳往下坠，那么多光线都不能
照亮自己，没有生机之人又何必在乎

内心的惊慌或怜悯。沿着羊肠道徐行
我先是察觉到自己只是行走在泥沙的

一侧，继而早已湮灭的宇宙在我深处
降临，如同无路可去，只能回到内心

静夜之外

灯光沿着楼梯走将下来,夜晚在沙沙
翻书但不是我。我在三楼露台观天象
黑暗如此众多
已不需要借助任何道具
诸神次第退居天幕之后
没有谁在刻意
表演狂欢。对于自己,我是一无所知
命运爱上谁也和今夜的庞大星空无关

楼梯就在暗影里面。我不会走出自己
滂沱的肉身啊,除了空寂谁会怜悯它

倾　听

已是午夜，天地之间静谧到如无言的
苔藓，躲在躯体里倾听骨骼和岩石的
合奏，这是徒劳的我
赋予自己的唯一智慧
我不去想闪烁的星子，它们终将会在
黎明前塌陷。我不清楚和生活对峙时

自己的容颜是否更改，但显然我会用

一面镜子把一切掩埋。没人敲打玻璃
白天遗留其上的雨点将按时一一折返

存在即不存在

清早,第一声鸟叫来自外星,椭圆的
山丘孕育着火,还有树木和尘埃都在
默默燃烧,我倾向于
认为一切存在
万物都有灵魂,不分高低贵贱,一种
来源,一种归宿,但唯人会沾沾自喜

生　活

树木投下的影子，无时无刻不在移动
地下，蝼蚁正忙碌着不为人知的生活
闭上眼睛，倾听
世界的另外一侧

你将发现，开始和结束仅仅一瞬却又
无比广阔。有时，我们会把希望绝望

强加他人，有时，也会忽略如下事实
密林中的影子和尘埃是另外一个来处

无辜者

他是一个普通人,服膺于这样的台词
——我并不是凶手,只是一个旁观者
生活中这样的角色
并不少见
怀揣着汹涌的沉默
在丛林般的人群里伟大地生活。生活
命令我们置身自己之外,像一只白鹤

观影时我坚信这样的逻辑,我是主角
也是配角,躲避着凶手也觉得受害者

赢弱无能同样是一种罪恶。如果这算
理性,倒不如站在某处,迎接,迎接

津门小憩

遥远的地平线正忙着搬运海洋。海鸥
停在半空,鱼虾是它们会飞翔的港口
离岸之处,车水马龙
道路尽头,异乡之人
依次认领着青春然后迅速消散。不得
不说,五百年来我仍是最熟练的带鱼

自海河支流汇进心脏,然后带着所有
泡沫或水花撞上一张淡色的纸。孩子

尚不懂阴晴圆缺,他观赏着飞车游戏
幻想自己是一个时代性的舵手,我和

他的妈妈目睹麻花、煎饼果子和公路

擦肩而过。并非忧伤之城,海掩盖着
人行横道,我辨认着丢失脚印的鞋子

清晨,一种热闹的寂寥在重复

寒风中,人们裹紧了衣裳奔向温暖的
地方,唯有稀疏的灯杆在冷眼旁观这
莫名的徒劳
它们见识过热闹的晚宴
不声不响的啜泣,以及
骄傲的脊梁
但无一例外:这世界是一张无比大的
过滤网,任何事物都有复制品或余孽

只有人次第消失,如零落败叶转眼就

被树冠遗忘
——太无妄了。路灯熄灭自己,再次
照见的是黑暗溢出的熙熙攘攘的空壳

雕　像

将悬崖自大树的内部请出，一次突围
面对不可饶恕且陡的共谋，十万大山
仅仅是雨，你雕刻的
只是自己
现出原形，深处如此
盛大，那些被剔除的可称得上是骨骼
剔除即是治愈。面目已逐渐清晰起来

他正念念有词，嘴边停着凛冽的刀斧

无人之境

整个夜晚只剩下一个个黑洞洞的窗口
整个天空只有填不满的无垠,树林中
一声声虫鸣都在
草尖沉默,河口
停泊已久的船头只接受高耸的云端和
来自远方的使者。这伟大且又渺小的

静谧啊,只需要一两句人语即可唤醒

"艺术史"

时至秋日,骄阳依旧如火,唯有果实
在枝头露出成熟之色,算是某种停滞
还有谁能够回到过去
碧草萋萋
山雨欲来
这一切动的或者静的
都属于鱼篓和渡口那几把空空的椅子
哦,那些在宫殿、大街与广场上奔波

之人只是在复制什么,生活不是创造
而是丢弃,你看,一只麻雀忙着储藏

粮草,只不过为了冬天更体面地死去

山水之间

万山红遍和层林尽染的时间还没来到
眼前能看见的是一棵棵树载着各色的
鲜花在人间行进
有部分旅行者在山谷中站立着
没有谁意识到洞开的寺门停止
修行，燕雀不动
空中的白云默而无语，唯一一道瀑布
收拾起了浪花和深潭，但水声给了我

画在房子里，但画中的一切不属于谁
那不断的生息随时准备着被移出框外

当地铁背负上生活

每天深入地下去接触一下黝黑的教堂
接触一下上帝和内心不被了解的恐惧

我坐下,试图忘记
荒野和地面持续的

失败,这个世界赋予人的借口并不多
但唯有一种穿梭可以代表存在,代表

中心和边缘以及某些无法拯救的醒悟
但也有种醒悟不可理喻,你越想远离

人群就离他们越近,不得不承认人生
就是一个瞌睡和隆隆的抻不直的隧道

暮晚,读匕首记

我不相信奇迹,直到有一天,我看到
墓碑上熟悉的名字,看到自己的影子
被落日拉长了

看到村里一草
一木都属于苦心经营而得的,才终于
明白,我不过是某一个片刻:就像鱼

遇到匕首,就像匕首突然在五月遇到

波光粼粼的地图:是重现而不是复生

我的旷野，我的孪生兄弟

小时候，很喜欢牵着牛，待在无人的
旷野，我能数得清落在身边的鸟叫和
雨滴，牛经常停止吃草
望着远方
像是有谁
在呼唤它曾经使用过的
名字。看不出希望及悲伤，万物来到
旷野，从容生长，从容消逝，我甚至

体会不到自己身上有值得挽留的东西

小时候，天空就在蜻蜓背上触手可及
我在橡树下等待果实跌落，我不信佛

但已知道青涩的橡子中有小小的庙宇

但　愿

半夜，大雨倾盆，我的人间连绵破碎
落向坑洼之处
已不知道返回。隔窗而望
灯火、树木和高楼都在细碎的鼓声中
垂手而立：这个夜服膺于无限的偶然

这场雨释放着必然的黑。我和大多数
窗户一样站在深处，像昨日的局外人

我看到了不为人知的东西

每只东张西望的狗后面跟着一个老人
每个咿呀学语的孩子后面,跟着一个
老人,每个空荡荡的
房子后面
跟着一个老人。总是
如此。衰老跟着万物,如同附骨之疽
确实如此,跟着的又并非必不可缺的

是的,我看到了人世间的幸福和羞耻

意　念

我想我的眼睛就是一张渔网，我捕捞
红尘，我捕捞美色，我怀揣欲望之心
在散养的水花中间
执着地捕捞一条河
我会捕捞有无，捕捞小而又小的生活
捕捞网洞，唯兜住什么才能学会逃脱

我也捕捞徒然的死神，我跟在它身后
在被粉碎之前，做自己忠实的守灵者

泡　沫

有种理想永远比现实高大，譬如死神
譬如病躯，譬如深深植入土壤的桦树
及伤疤，还比如

没有迈过的门槛
和悬崖，如果有人抬着你
你要说：万物如此葱茏，请把我放下

城 市

清早，建筑工人们在脚手架上忙碌着
一只鸟拖着盘山公路飞向深处，西山
沿着石阶走向高处

我只是一个旁观者
我看见即将完工的高楼依次安上窗子
窗子依次安上玻璃，直到大厦装满人

装满黑暗，这个大厦才算是建设完毕

将欲晓

一棵树将时间留在了正午,山河不来
来来往往的人消失于自己的睡梦之中
我相信蔓草怀有
难以置信的辽阔
一如我,有在秋日前摇摇欲坠的半生
我确认美好的事物都在远离我的地方

潜伏,总有不甘沉默的蝲蛛把我当作
囚徒,夜晚来临时前来盗取一段暴风

律诗,自结尾处返还

从一幅画的留白中退出来,曾经沧海
诸神不在;从正午的树荫里面退出来
一只蚂蚁
搬着食物以及自己的肉身
正做无谓的徘徊;从摆在
桌案上的
牺牲前退出来,夕阳下面,集体跪拜
之人赶往长夜,任谁敲打也不会醒来

不妨退到井里去。一个吊桶跃跃欲试
接住它,接住夜色和不分昼夜的深渊

都城没有几人,这不是我们的家乡

牙具、衣物、一点食品和三五本闲书
我能带走的也就这些,带不走的也就
这些,有段黑黝黝的
胡同,不需要
携带,它一直跟着我
我想故乡不过是一个箱体,你打开它
只是那些家常,只是你需要那些家常

需要一走就丢的人和一笑还在的忧伤

三沙，和阳光交谈

我比沙滩来得晚，甚至落在马鲛鱼后
但不妨碍和蔚蓝的积雨云共度一上午
这里的轮渡没有
港口，这里的珊瑚降落在
半空，这里所有的鱼虾蟹
没有葬礼，这里
阳光均匀地向万物传递流逝、谅解和
赞美的消息。因此，当我踏上淡咸的

礁石，感觉自己贴着海面在飞，我和
鲸鱼一样是透明的：一切走投无路的

都获得了移动的命运和机会。三沙啊
我携带着一粒沙子和一滴小小的泪水

水陆面积

澜涛和海水不在一起,海螺和赶海的
小姑娘不在一起,一只贝壳知道自己
不起眼的使命,它要把
沙石包装成脖项下面闪闪发光的落日

千百年来人类都是命中注定的旁观者
我们在沙滩上吐着泡沫
直到黑夜来临,直到陆地退到遥远的
对岸,直到群山和泪水一样无影无迹

想 法

我坚信即将分别的人,永远不会再见
被黄昏遗弃的道路永远不会回到起点

我坚信一头俯首的牛只在枷锁中生活
犁起的土和晚年的蝴蝶在等待一场雪

我难过,当春风将旷野中的荒草唤醒
当种子发芽,撒下它的人已告别世界

叼骨之狗

清早，街口，一只黑狗叼着一块胫骨
迅速没入黑暗之中，白骨上面，还有
几点人间的
咬痕，如依附之众生，如不知
来由的空洞。黑狗眼里，那种
喜悦和日常
我们所见没有什么分别，都带有惶惶
不可终日的快感和来不及掩饰的兽性

狗叼着骨头可以在黑白之间自由出入
而我们一旦捡起了白骨，即不知所终

玉 米

路上碰见二叔,我问干吗去,他指了
指屋檐下堆积的玉米,这些玉米颗粒
饱满,和二叔的身体
形成对比
一直觉得
每次他撒下那些种子
都是把自己种在地里,玉米须是他的
胡子,玉米秸是他还没有完成的前世

现在,他收拾着这些养家糊口的粮食
这个老人有失败的丰收,也有肥沃的

贫瘠,只是他缺少玉米的幸福:一粒
种子在秋天能变成一百个年轻的自己

我和草原站在彼此的位置

谁会记得一只翱翔的鹰和他雪一样的
眼神,记得车轮下滚烫的草皮和即将
轰然倒下的脊背

当我在草原上面
眺望小小的暮晚,我看见一匹马驮着
主人:他们有难以割舍的露水和蹄印

画中人说

我最初看到苍茫的大地上一匹白马在
奔跑（马的主人端坐不动），然后是
一只鹰在疾飞
我相信马和鹰有草原、长空
以及说不出来的萧条。眼下
远山站在树木
尽头，风吹来，一块缺少霜月的板桥
正弹奏着失修的河流。河水似动非动

体内之鱼如体内之泪，无辜之时也会
下落不明。马主人就在我对面，他有

纸一样薄的心跳，有墨一样浓的命运

述秋帖

第一次看见落叶,第一次看见南飞的
白云擦着泪眼,请允许我相信,这是
我们和大地之间的隐秘联系

假如我站在槭树下,晴空和
远山一起都站在画框里面,需要等待
这些都有年代感。一把虚拟的空凳子

仿佛拥有一切又好像被谁遗弃,不妨
递上茶,落叶和泪眼杯中相逢,忍住

沸腾,忍住离开的嘴唇没把自己擦干

当我在一幅画里移动

一艘船，一顶草帽，还有一座高山
只露出了轮廓。我确信河水中没有
桨声，酒馆的窗子没有
瞭望的
眼睛，草帽戴在委婉的
路上，顶着它的人有可能正去赴约
但又一动不动，我看不见山下的鸟

山上的寺庙埋伏着一条没有起点的
幽径。这一切都在一张不大的纸上

画画的人预留了很多空白，只是我

还没有办法走进去：一个偷窥的人
有可涂抹却无法观看和悬挂的半生

遗　址

我听到的不算什么，那些怒目的头颅
都埋伏在荒野，青铜器上刻满了作势
欲扑的铭文
其中，肯定有个人拿骨节做成的戒指
戴在新娘手上，有位母亲因为孩子被
殉葬，子宫
一阵阵断裂般抽搐。我看到的也不算
什么，那些滔滔不绝的人，那些衣不

蔽体的人已拿不起破碎的瓦罐。我拿
得起，只是要把他们经历的重来一遍

夜行者说

我想象不出一段黝黑的夜晚跟着我有
什么企图,夕阳正在流亡,乌鸦骑在
枯枝之上
不发一语
我心里藏着刀斧但却不是凶徒,只是
提防突然蹿出的灯火会让人走投无路

执 念

一只蚂蚁正背着落日深入泥土，洞穴
里面，面包屑、树叶还有一摞摞刀枪
摆得整整齐齐
黑暗之中，蚂蚁在忙忙碌碌着
我们则收拾起善念在自己躯体内将息

传 说

我相信遥远的北方的夜空下站着一位
祭司,群山自草丛之中归来,此时正
默然而立
以顶峰上的积雪向星光献祭
神啊,请允许我穿上丝质的长袍返回
故里,我有小小的难过,也有和落木

一样萧萧而下的躯体:命运在劫难逃
又注定在晚上露出黑暗般大小的生机

祷 辞

我需要学会接受落叶、黑暗和看不到
希望的人间，接受痛苦、快乐以及那
陪伴走向终点的平凡
这是生活给我的裁决

有时甚至必须去接受
死亡，死亡无疑是一种惩罚：认识到
自己的存在和无用显然是莫大的罪过

终其一生,不过是站在原点安静失败

一些叶子悄悄变色,一些则摇摇欲坠
她们刚刚自春天和鸟鸣中归来就开始
和我一样面对失败

假如她们微微呻吟
整个宇宙都在回应,只有人类和即将
露出面目的鸟巢熟视无睹,除了送别

我们这些空旷的物种还能够干些什么

致《消失的爱人》

站在相反的情景之中,闪光灯给出一
瞬间阴影:不必去求两人的面积之和

手指上带着我的体温,目光如此顺滑
一定有说不出的消失在阴谋表达善意

鲜花、掌声和水型耳环摆在梳妆台上
窗帘微开,我们此刻的微笑都是镜子

不要恋爱。当一个成人爱上一个成人
对方的心里将长出门铃和温暖的搁置

我们生活在别人眼中并消失在相爱里

浆 果

整个大地率先落向人间,当黄叶翩翩
我察觉到万古长夜和转瞬间一样轻浮
而又不真实
只有一颗浆果无家可归
当我怀揣着
虫洞、暂时储存起来的风声和它对望
它抖动着树干向一群灰色的候鸟飞去

歌　唱

命运如此美好,包括毁灭、冰霜以及

被荆棘收割过的小鸟,一些玫瑰练习

储藏败叶,而另一些在

卧室里面看见

女主人悬挂在

凌晨时的长袍。在荒野

命运会诱惑卵石将自己搁置在雪线外

一只小兽进入时间的尾部前,露出了

神秘的微笑:有种消失注定预告自己

不可赎回的显现。我相信雷电仍然在

黑暗中奔跑,只是命运服从于浩瀚的

肉体,而肉体不过是余烬,不再燃烧

地下铁笔记

2019年11月某日无事可记。翻开一本
诗集,里面都是古人早已愈合的伤痕
我在地下铁中
摇摇晃晃,感觉有条隧道
比我缓慢,却一直在体内
横飞。恍惚中
我是一个自拍之人的背景,她正对着
自己调整表情,我木讷的样子,让她

不得不换了另外一群无所事事的座位

我确信我坐过的地方无数人曾经来过

因这里淤积着一代人危如累卵的体温

这个世界短暂啊,有人悄悄在我身边
站一会儿,有人不过默默打了个盹儿

我想血缘并非一个和平的问题

孩子妈妈开玩笑说,你有没有闪念间
想过这样的问题,孩子会不会抱错了

我说,那又怎么样?我爱他,他爱我
这就足够了,我们养育一个孩子无非

是在养育自己;即便是没有血缘关系
也不该让叫爸爸妈妈的声音碎了一地

醉酒者说

黑暗中,我们同时看到了对方,一声
尖叫被及时止住:我确信整个夜晚都
在我们的喉咙里

埋伏着。不想说
恐惧有多远多近,那个毫无来由的人
跟在身后,说着呓语,试图和我合体

惊堂木

还缺最后一个细节。我记得淫雨霏霏
连月不开,燕子叼着和好的新泥落在
屋檐下面。府衙之中,唯有
少妇、老妪
男丁早已经
编入行伍:其中一些,躺在
荒草里面,蚂蚁在白骨内出入。思乡
之情被一口口咬疼,然后又吞进腹中

请问你要告谁?请你递上状纸,丧子
丧夫啊,我管不了,似这般千秋家国

大事,我只能拍一下惊堂木,让孤魂

野鬼都来报到，让他们一一认领活人

若惊堂木不响，不是缺乏什么倾听者

而是这冤情啊本不过柴米油盐酱醋茶

回 音

电报大楼的钟又响了,和尽情喷洒的
水车不一样,和落尽叶子,等待鲜花
挂满枝头的
玉兰不一样,我一阵阵萧瑟,身体里
埋伏已久的指针易折,而且没有回声

我不语,我低头,眼前的碧螺春因为
被嘴唇击中,而有了不易察觉的漩涡

正午在黄昏之后

我们被搬运到哪里去？地铁摇摇晃晃
尘世也摇摇晃晃，这些拥挤在一起的

并不知道彼此的定数。傍晚，翻阅着
一本泛黄的小说，主人公跳下悬崖的
一刹那并不令人惊心
请不要哭泣
眼泪多么矫情，我们
这些缓缓前行的，每时每刻都在死去
命运忙着紧凑的游戏没时间去体贴谁

落日一景

远处,屋檐下装空调的师傅开始收工
不能再稀疏了,北风前,一棵高大的
杨树最先体会到了寒冷

傍晚已经来临,我按下
暂停键,一群牛羊在雪崩前止住瞭望
我的孩子正自天地间的缝隙溜回家中

蔬 菜

农贸市场，棵棵蔬菜整齐地码在地上
不需要问它们来自哪里，也不需要问
它们经历过什么

这些五颜六色的
精灵没多少抱负，施肥、浇水，然后
在旺盛生长时被突然收走，我听见了

低廉的叫卖声，也感觉到了它们还没
蔓延就已经消失的难过：那些颤抖的

叶子和三五滴泅出的露水都不是活的

黄昏肖像

一天又这么过去了,阳光自钟楼尖端
溜到了地面,草是枯黄的,虫子们的
鸣叫已然停止
来年,再次响起的将会是
一些踏青的脚步,此之前
雪地中有越飞
越低的黄嘴鸟,它的趾尖上有稀疏的
柿树和干瘪的果子,再早一些,灯光

自窗户泄露而出,回家的人按着门铃
他带出的黎明此刻沾染了黑暗的气息

黉夜而歌

晚安，褐色的兔子，苍茫的木质胡须
和悬崖边上鼓瑟作声的艾草，它们的
种子纵身一跃即可
获得复生

浮世之中
有人在孤独中眺望
有人在计算着终老，只有我想做一个
悬崖，下坠的有狮子和疲倦了的羽毛

空房子

一幅画在自己的阴影里,山水是平的
也是起伏的,包藏祸心的鱼钩此刻已
潜伏在午后
和我们看到的不是同样
一条锦鲤。墙角,冰箱
轰鸣着,这
同摆在客厅中间的电视形成鲜明对比
整个喧嚣的世界正隔着一块屏幕向外

窥探。绿萝、仙人掌还有凋谢的兰花
能看见窗外的积雪,积雪那么轻薄又

那么低,她不懂得屋子里的物件都在
挪动前井然地占据着不被了解的位置

窃贼打开门锁之际怀揣着陌生和转移

空间,新生儿

一栋大厦或一间房子无法将我自它的
内部取出,空也不能。但我的每一次
移动都会改变设计好的
阴影和面积:包括那张
最初的图纸。我坚信宇宙和一切
装纳我的东西都不是母体,而是胎儿

正被取走的即景

你永远想象不到，一个老人会从哪个
拐角冲到正在行驶的车辆面前，一条
笔直的马路会被
带往何处
车厢里面，人们
摩擦着彼此的碎骨，轮胎和柏油路的
窃窃私语会突然变成尖叫，只因并不

了解对方的企图。一只野狗跟在公共
汽车后面，偶尔凭空狂吠几声，就像

在追寻什么，又像被追寻的无情丢弃

第一次觉得自己看到的喧嚣纷乱来自
内心和故意，而非命或谁口中的上帝

人 间

这样一个早晨,神本应该稳稳端坐在
北方,雪花似落未落,如调皮的孩子

只是有人搬运着垃圾,垃圾中,一些
被扔掉的梦和螃蟹的断肢在咯吱作响

于是,我坚信被神圣覆盖着的尘世与
冷却的空洞一样,充满了危险和欲望

品茶,有杯子出现不易察觉的裂缝

落雪回到半空,观望中,人世正带着
一身尘埃在茫然的林间疾行,不会有
更多的闲云或
野鹤留下痕印,树木在
土壤的仰视下,酝酿着
更宽阔的风声
房中,以观看作为回应,我和一杯茶
有了更新鲜的内容。水纹在缓慢溢出

这是饱满的、叶子间蓄积的微弱苦涩

我有瓷质的江山,略带温暖而动荡的
画作在鱼篓中空空如也,一直未完成

即时之得

雨水落下。这一刻,万物抬起无用的
眼睑,人世位于乌云之后,尚不知在
何处弃舟上岸

我相信土拨鼠
抱着一屋子暗黑正在酣睡,涨起来的
潮水跟着石块在一些细碎之物的梦里

练习转弯。多久了我没握过一片叶子
一双手回不来,它将天边推到了浅滩

辽远帖

大雪、红薯、河流以及抬着尸身走向
口腹的蚂蚁,谁在乎一触即发的忧伤?
日落前,桥梁突然拱起
骷髅身着盛装
借助于不可掩埋的灯火
回到低处,我触摸到了自己的影子和
越来越小的呼啸:我的卑微不需人知

新世界

鹅毛纷飞,人们打着伞或在窗户里面
躲避着天地间最纯洁的使节。该死的
谁咒骂着,不知责备雪
还是道路
行人、车辆和扫把经过
大地又掏出那些斑驳的旧痕。孩子们
拍打着手,像面前堆起了巨大的雪人

生活

想到孩子抱得那么紧的人将要离开他
我就难过；想到回乡探望的人不能被
空旷的家挽留
我就难过。我的难过
那么弱小，像一个无处可去的乞讨者

大　地

当紫云英露出眼睛的一刹那，它更像
一只雏鹰，只是
还没有离开土地。它看到的
全在高处，一粒种子没办法
挣脱那些翅膀的
土壤带着它在飞，当然了，还有沟壑

当它落下、溃烂、分解，才知道什么
是去处，以及馈赠，这是天堂的入口

浴女·油画之一

一瞬间,我察觉到了她脸上的一抹红

羞涩,还是掩饰:嘀嗒声显示,客厅
里的钟表是一种
阴影。显然,她的裸体在画框
之外。她试图遮住的,不过是
某类自然的冲动
画面上,远山绿叶被半截木桶清洗得

十分遥远。离开客厅,闭上木门,我

获得了女性般的觉醒和一种深刻命名

夜空断想

蓄满浮冰的湖面只是在等待一根鱼竿
林间的空隙更宽阔,每片叶子怀揣着
散乱而冷静的风声
站在夜空下

黑暗凛冽,伟大的
人类啊,在观望中获得了不明的敌意

在大剧院听歌剧

他抬手,按下。椭圆的拱顶落满了光
但这不是重点。有人起舞,两侧窗户
紧闭,却在观看
曲子舒缓,掩饰不了舞者
内心的漩涡。她们正模仿
也正和一个疾笔
而书的作曲家在木制台板上尝试交谈
只是没有话语。我闭目。一曲刚散了

我们这些同个平面上的人即不知去向
情欲还在弥漫着,还有墙壁上的男女

静　物

夜晚是透明的，一些不同色泽的鲜花
选择桌椅，其间，鸟鸣丢失了，蜜蜂
抬起安静的眼睑：它看见
慵懒的大雨

水不会悲伤
在桌布一端，玻璃器皿像
不愿意移动的卷积云，花儿正在里面
变换着背影，然后窃窃私语。一定有

东西小于沉默，我端起杯子返回身体

草,一种玄想

空旷,稀疏而又尽力挺拔的草,夕阳
和马齿落在身体上的结果一样。得得
之声,不过是我们
紧裹的长袍。寒风中,疾行的
人群,乃坠向无名之地的草籽
而种种煞有介事的
收割和咀嚼,被风吹得那么不堪一提
垂手,避孕,和草同时拿出供奉以及

脑袋,清醒之中有不被神认可的欲望

行　者

有些事物之间的矛盾，注定无法化解

街边，一个按摩女郎捧着客人的双脚

小心翼翼地

修理着，耐心的样子，如同一对

母婴。隔壁，卤煮店老板将清洗

干净的猪脚

倒入铁锅内。在回家的路上，我的脚

遇见了无数只脚，他们都没留下什么

只是一闪而过，就被寒风搬运到空中

请将夜晚比作一件繁华落尽的衣裳

一个巨大的雪球带着我的轮廓落向了
暮色,天地之间,只有我和黑暗渐渐
汇合,真的只有我们
两个,那些在林间穿过的雀鸟是哭泣
还是回响?也许是种歌唱:置身空旷

我需要完成的是一场谛听,而非绝望

宇宙法则

寒风刺骨,行人纷纷钻回了棉絮状的
躯体和隆冬,三岔口处

一个拾荒者蜷曲的样子
如同回到了母亲的胎盘。现在,整个

大地就是一个过期的子宫,四季缓缓
交替,不过是微弱的、无意识的悸动

一些生灵尚未分娩便耗尽自己的一生

雨中之曲

站在廊檐下,需要一帘雨幕以及无人
识得的水珠,需要倒影
需要喷溅而起的
坑坑洼洼:即刻恢复的
水面将迎来新一轮撞击和空旷,需要

一个人前来对视,他的眼,我不具有

变　数

我只能设想自己身处旷野，那些无辜
之响动没有来由，那些抬着同伴躯体
回到巢穴祭祀的
蚂蚁也没有目的
就像现在的我，每天将自己搬运一空
皆可当作命数：我们在各自的未来里

寻找住所，不可期，承受又或者朝圣
总有一种错愕侧面撞上忙忙碌碌的头

壁画印象

他抬头,她回望。同个平面上,云雾
在淋漓,猜不透这一场景是缠绵还是
永诀。但我知道
他们不会随我移动,进入
一去不知返的人间,我也
试图登高而融入
永恒的立体之境。只是所有事物都在
拉扯,拉扯中我们难民一般安顿自己

多么不甘,我们这些仰首观看的人都
濒临死亡,一幅画则如喷射着的枪炮

世相一景

一个美丽的女子正在寒风中瑟瑟发抖
漫天飞舞的雪花装裹着她,她的衣服
那么无辜,还有我们
看不见的
胴体。她呼出的暖气
自然是无辜的,只是还没有人进入她
嘴边的迷雾即落在她姣好的面颊之上

那个在人际间洒满白雪的神是无辜的

慈悲咒

不会有人死于哭声,空气里面,一直
埋伏着一群哑巴,他们念佛而不吃斋
并在黄昏时分持续种下
一截枯木
白骨在岩石中勉强活着
还有寺庙,张张经幡都是人间的浮土

祈 祷

此刻,我还在梦中,一群没有翅膀的
水牛在搬运着野火,但窗外已经有了
皑皑之雪
苍山、枯木和沉睡在北风里的
人们是那么无辜,请允许我不要醒来
除非被雪花惊醒的万物能够爱上彼此

站台，一阵幻想早于出发

长椅、台阶、汹涌的街角，一群等待
翻滚的败叶无人识得，谁会迎头撞上

一张不明真相的老脸？那个梦里来的
佛陀正怀抱地址寻找自己隐秘的群山

没有什么比子宫重要，即将出生的人
如此无辜，他们有逝者一样紧闭的眼

我不说话。我目睹眼前凌乱而匆匆的
一切。我的认真和放弃有和解的危险

空椅子

一把椅子静静地躺在房间里,有时会
是灰尘,有时会是一阵临时的阳光将
我离开后的空间填满
若是如此
灰尘或者
阳光刚好等于我全部之生命,
我拥有这样的一切:在椅子
背后是空荡荡的楼宇,楼宇后面又是

浩渺的苍生和风声,和万物没有分别
我正以巨大的存在对抗着更巨大的空

一把椅子用缝隙等着我,我们之间既
没有短暂,也不存在言不由衷的永恒

放　牛

清早，牵着牛走在羊肠小道上，细草
挺直身子，偶尔会有几滴露水在叶尖
一侧迎接宇宙间最耀眼的
光芒，牛低头
吃草，满口白牙经过地面
然后是蹄印、缰绳和浑圆乌黑的牛粪
我坚信地面并没为此所动，因为只有

微风吹过，雀群才被释放出来，山冈
才会自遥远的天际进入密林。我放牛

我翻书，我捧着满手蚱蜢，我走过的
斜坡和日子一样短，又和日子一样长

遗 弃

新闻说某地又出现已死的弃婴,某地
出现严重车祸:临近年关,那么多人
成为上苍的弃儿。厨房内
水壶突然尖叫起来
我不懂得死水的愤怒,但知道在进入
某种通道前,它有它的不甘以及抗议

童　年

给他讲一个故事,在结尾处附加一个
谜语,或者让他看一朵油菜花:蝴蝶
落下之前,花儿
是笑的
或者讲
一个哭泣的女孩
告诉安慰她的方法:那些泪珠不只是
她的。这些事情那么简单,属于童年

属于一颗还没褪去绒毛和徒劳的浆果

一滴水

树木、天宇和椭圆的头颅,某个时刻
你是否感觉到一种卑微和伟大,指尖
上面的一滴水
让人洞见我们的存在无非
相互观看以及彼此成全着
现在,当蜷起
指尖,跌落在尘埃中的那一滴是真相
也是幻象,或者说真相正由幻象前来

超度。跌落时,你感受不到剥离之苦
某种失败和获得一样正试图保持中立

歌 剧

入夜,一个浑厚的男中音在低低唱着
那些闪烁的星星是跳动的谱子,整个
深夜是还没有来得及
拉开的帷幕
因此,台下显得空无
一人,又像座无虚席。他持续地哼着
双眼富有节奏地开闭,直到大地长出

新鲜的裂缝,我的胸腔发出新的回音

必须在沉睡或告别之前学会无端追问

是谁手持着黑夜敲响了隔壁家的门楣
是谁将神龛前的烛光偷偷拿走了一截

一个人追赶着我,当我自
途中苏醒,不甘和冷汗正在设法赎身

午夜影院

是谁在午夜按响了门铃?一群孤独的
灵魂沉默,凝视,并依次回到了画中
唯独我没动,当我抚摸着
设色的山川
以及自己的躯体,我慢慢
察觉到了一种残缺和完整。窗外依旧
繁星满天,她们闪烁的样子令人心疼

每一颗星星对应着一个灵魂,唯独我
没有。我的灵魂在午夜的躯体里,我

支配着自己,支配着某种温暖的寒冷

春窗,翻书

立春之日,打开一本书,算是点亮了
阳光和它的缝隙,这本书承受着白纸
黑字,承受着已进入我
眼里的江山
和木鱼:有一声暂时还
没响,除非那个修行之人将溜出来的
窗口止住。我内心还有什么在阳光下

和一些隐藏的证据汇合。窗外,几棵
小草按住了惊雷,三五个过客行走着

他们比我看到的防线还要稳固。我的
书籍还在沉默,寂静中,一页盖住了

另一页,还有一页摇晃着走出了身体

一日,吃斋

朋友说,明日能否吃斋一天,犹豫了
一下,就答应了。没有别的,我希望
有一段时间自己的心里
只有植物
没有动物
我可以借助这些绿色的
东西体验河床解冻,有种根深蒂固的
希望来自大地和它散落在各处的根须

绿色啊,在绿色中走一走,在绿色中
倾听春天:保留动物和他发情的声音

也保留自己弱者的样子和为数不多的
泥土,有种敲窗的闷雷像低垂的尖刺

标　志

我确认暗夜对我的指证，一只蝙蝠自
黄昏飞出，只为带走一对翅膀。当然
时间是无罪的
但分配给人类的太多了
以至星星也会误入歧途
我必须扛着树
往前走，木桩那么沉默，它不会对我
说不，悬崖会说，但乱石除了人的心

没有去处。我确认光明是暗的，光明
在荒野中接纳着我和瞪着单眼的蝙蝠

一束光

我听见一束光落下来了,落在阳台和
院落的接壤之处,声音很微弱,如同
孩子安全的呼吸
我察觉宇宙,准确地说是夜晚
更深了。这束光如同一条通道
引领着人类进入
温暖的虚无,它是有意识的吗?当我
站在暗中,我和光都是幼小的生命体

但光里有骤然而来又缓缓遁去的宽阔

清早,目击未了的人迹

清早,一辆汽车没有,一个行人没有
街上灰蒙蒙的,像面临宽阔而轻柔的
雨季,这时候,你会发现
生活中积累的
赞美或者磨难
毫无用处,你连同悬挂在
内心的日出一样都是那么孤单,唯有
一只废弃的口罩是行动的,它带着风

带着人类尚未止息的体温(没有装纳
多少病毒)翻滚时像自由,又像垃圾

世界之一日

没有人知道这一天来自何时,又会在
什么地方结束,每个人提着自己无辜
而正确的头颅,表情和
内心没有丁点儿关系,镜子里面总会
有些干净的面孔需要按时修补,反射
出去的呓语霎那之间会
带来暗夜以及它的折角,我确信整个
世界通常会停留在睡眠之后。我发誓

我见到的蝙蝠没有翅膀也没什么复眼

摘草莓

一个草莓红得那么通透,它在绿叶间
显得那么安然,它来自土壤
来自动物骨骼
来自我吃下的
食物和睡眠,也来自我的梦
以及我不停航行、排泄的躯体和木船

当我摘下草莓,我的喜悦掩盖了疼痛
我身体的获得和失去都在不经意之间

生　灵

看到一个拾荒者，我禁不住心生疑问
他捡起来的垃圾是否我们扔掉的那些
他和站在
欢呼声中的是否
同一批人？当雪花落在他身上是
绽放还是来到了世界的尽头？我坚信

世间万物不外一个单调而有趣的说法

变 化

阴天，乌云不会离我太远也不会太近
还有日出，我在山中看过的和梦里的
没有多少
分别。总有一些人
无故出入我的眼前
只要愿意
他们会饮茶，聊天，然后被遗忘干净
然后借助某块云彩下雨，借地表现身

我一天的阴晴中蓄满不会降落的眼泪

清　醒

日暮时分，远山和天际融合得只剩下
一条虚掩的波浪线，像老人落入镜子
像隐者甩着宽大的
袍袖靠着
已经丢失
铁锁的木门，不久
将有无数生灵进入睡眠和美梦，死亡
一般的睡眠啊，会让他们暂时地忘记

索取，此刻的上帝长了一颗愈合的心

每条路上都有一个陌生的亲人

自南新华街往北,我在脚踏车上隐约
看到自己早已遗失的影子,看到乌鹊
和槐树放下落叶
然后从河床中间取出了
一块雕像与一些棕色的
沙砾。我在思念
谁吗?还是在打量露出墙基和耳垂的
废墟?细小的风围着我,似乎有一个

不知名的上帝正邀请我参加他的葬礼

消失,呈现,被读错名字又反复提及
我的难过没人看到,只对自己有价值

世　事

我坚信整个大地是个功能齐全的容器
它吞噬落日就会长出白骨，吞噬白骨
就会长出漫长的沙石
不需要
土壤和水，这世上的
一切都会流泪和饥饿，我也会忍不住
当死去多年仍能听到自己发芽的消息

迎春花

在台阶上吸烟,不经意间扭头,发现
墙角的迎春花开了,一些嫩黄的花瓣
颤巍巍的,被电报
大楼的钟声
领着来到我的脚下
有没有去处?和昨夜被惊醒的风一样
当时我在书房闲坐,有一些枝丫探出

头来,将黑暗安置在反光的玻璃外面
现在,我确信每一朵花都是一个屏障

每一个远道而来的春天都饱含着宽恕

谁能够将瞬间和期限拆除,除了观看

梦中,来到海拉尔

蝴蝶飞起来了,整个草原迎合着翅膀
和我内心微不足道的波澜,吹着的是
来自半夜的风
万物一同睡去,一同醒来
仿佛在广袤的宇宙中已经
忘记了自己的
姓名,除了羊群:那些舒缓的咩咩声
是星星在人间得到的回应。站在路边

我看见了野花,离开的人在摇曳招展
回来的则看着他们孩子一样怒放凋零

夜　晚

树木回到了自己的影子，山顶的岩石
循着木锤回到了已经停止震颤的铁钟
我不会想念谁
我要尽快入睡，夜晚在没有人说话的
时候，一闪一闪地接收着伟大的虚空

在树下哭泣的女人

在路边,我看见一个女人嘤嘤地哭泣
她是谁的女儿,又是谁的母亲,这个
穿着花格子衣服的女人
为什么会扶着
春天独自伤心
我猜想,她一定练习过
从襁褓里出来,练习过将自己的孩子
放在温暖的乳头上面,现在,她放下

这些身份,闭上眼睛,孤身一人,在
别人看不见的黑暗中握紧发芽的小树

匆匆而过的行人熟练地穿过她的难过

海平面,摄影者

整个甲板上空无一人,除了大海以及
海鸥的倒影,他按下了快门,水鸟和
遥远的山峰随即启程
这时,整个
宇宙间的蓝
迅速在身体内部涨潮
后来,我们作为读者,看到了静,也
看到了传说中的涌动。但此刻他正在

航行,时间已叠成一条花纹,等待着

不曾结束的一天和年轻的摄像机进入

跋　涉

我们将骆驼称作沙漠之舟，是因为它
拖着自己的影子往外走，而我们则和
沙砾一样即将跌入
黄昏：无比空旷而寂静的
游牧之躯，只有死亡才会
领养我们，也只有
绿洲才配得上无人认领的戈壁。假如
极目远望，我们看到的只是一段风景

哦，难过，我们离永恒的烈火太远了

天气预报

天气预报说,明日降温,有雨,到了
夜间就起风了,空中飞舞着光秃秃的
树枝,叶子知道春天已
来临,但还
没有长出来
大街上偶尔有几个行人
他们也知道春天到了,因为去年曾经
清点过落叶,我看着他们在街口消失

有可能是最后一次消失。此时,我想
他们也不知道今年树叶的形状,如果

知道,也是去年的样子,而去年这个
时候,他们中的一些并没出现在这里

断　念

我已经很少给别人写信,更准确地说
我没法衡量自己的永恒之火是否能够
催熟某些文字
而你递过来的书籍不过
是搬运工,除了黑蜥蜴
我不再有诺言
我也说不出内心的寂静,因此,当你
试图读出什么,我在地球另一端独坐

手里攥着狼烟和一把突然失败的柴禾

谶书之一

有时会忽然想起落日,和一场来不及
掩盖的雪,枕边人的消息深匿其中而
看不见朗读者
石头或一座摇摇欲坠的山
独角兽站在半空,如某个
神祇在捉摸谁
我倾向于贡献出自己的下半身,艾草
燃烧,灰烬中有我们无法理解的尊严

你看到的风暴是一阵哔啵作响的沉默

步行者说

落日时分,我在皇城根下行走:这是
正午,你和过去的人都在其中。路边
一抹余晖不自由但幸福
而摇曳的
花朵是阴谋也是
春天,不必一再
回忆阴暗
众生和青砖之墙都次第
进入了呓语当中,我怀揣高处在低处
安慰荒芜之境:暮色此时正缺席审判

牧羊人说

从山口牵出一匹马不需要草原,而是
需要一根缰绳,那流着泪或者血的马
背着岩石和风
我不是牧羊犬,也并非是一个
旅客,我站在夜空下,不过是
看流逝的星星
如果一匹马自我的身体里出来,一定
是上帝馋了,口水中有个绿色的幽灵

静物,在变动之中

一段楼梯在房间里久置,拾阶而上的
是灰尘,还有已经离开的时光,空气
有不安,也有静止
有人深深入睡
梦中他怀揣莫大的
沟壑,谁会突然按响带着正午的门铃
苔藓上有小块深色的人间正无端移动

爸爸，我从哪里来

爸爸，我从哪里来？这问题难以回答
也许来自不忍心下坠的红日，那么多
早晨还怀揣着羞涩
也许是荒漠山谷和
溪水，每个地方都举着一小块天空和
人间交换圆缺；也许是舍不得摆动的

扫把，院子里面，鸟鸣蝼蚁相安无事
对即将降落的未来，缺少戒心；也许

是你自己的怀抱：孩子，爸爸那么小
你要和抱着玩具们一样，好好抱着他

米 芾

执笔静思,窗外一定有匹无辜的瘦马
缓缓落蹄,藤椅上并没蓄积多余之水
一些即将到来的落款正
预约消失
谁挟持了一个时代
和短暂的
张望?墙壁上,白光和
蛛网同时下滑。哦,长久燃烧的那盏
烛台捡起了鼾声,枯草中却眼目难闭

止不住笔。大多数人已经不适合赞美
又和墨汁一样接收着一张散漫的白纸

出行图

这么多年，一群鸽子持续投入黄昏中
这么多年，一幅画作持续躲避着主人
拒绝完成。而我始终是
持桨之人
旅客如同
河水一样，尚未上岸即
已经夭折：我在众多枉死的灵魂里面
看到了生。时间不会抚摸自己的脊背

我保存善，卷轴保存的山水无影无踪

杀　鱼

小贩将尖刀插入鱼腹,又一把将内脏
掏出,我提着黑色的塑料袋,像是替
一个过世的亲人掩埋
缺口。清洗这条鱼时
它突然蹦了起来,惊惧中,我一下子
蹿出了厨房。惊惧:这一刻,我觉得

自己突然间有了放手的希望,这一刻
我觉得过江之鲫突然有了逃亡的可能

物质之钟

电报大楼悠扬的钟声响了起来,此刻
万物沉默,像沉睡,又像倾听,时间
带着颤音,一丝丝
一直落到脚下暗自
起伏的黄昏和大地。钟声结束,一切
又动起来了,汽车飞奔,树上落开了

杨絮:动得那么欢快,以至没谁留意
钟面变化,无论它的肉体,还是形式

劳 动

挖土,点种,浇水,孩子在菜地里面
忙碌着,远山和树林是他的某一部分
那些蝴蝶是
他打开的门
他直起身来,擦了擦汗,阳光将他的
影子坚实地种在大地上,刨开的土坑

不再是伤痕,而是一束花回到了幼时

"我是自己的谋杀者"

跟着一些很简陋的线索来到凶案现场
拍照，取证，血迹不能确定是何人的
需要下沉到低俗的
生活和情节，比如三角恋以及
无法被他人理解的账单，或者
突然间到来的不满
哦，当然，拱顶上也可能有够不到的
指纹：阳光尚不能征服最高的一部分

我做不了一个合格的观众。首映结束
混杂在人群中的凶手和导演脱下戏服

举杯庆贺。我作为受害者还在镜头里

某刻,仅有的知觉

像蒲公英一样举着黄昏,寻找未来和
孩子,像离开的亲人一样举着星空和
闪烁,寻找还在昨天的
受难的我们
像村庄一样举着低垂的
午夜,但不接受寻找和怜悯:耗尽了
一日的光唯余白露,这可以算作完美

蓬莱苑

这个地方原来曾是乡村,一些简陋的
门脸前,来自河南、山东甚至陕西的
妇女大方地
敞开饱满的胸部,奶着
孩子;现在,这里叫作
未来科技城
高楼耸立但却几无一人,仅存的一片
树林中,南来的雀鸟在树杈上搭起了

临时的房子;树下,有户出来游玩的
人家支起了烧烤架,一个咿呀学语的

孩子鼓起嘴巴对准随时会熄灭的火种

夜半歌声

嘹亮的啼叫将我自暗夜之中打捞出来
此刻,世界只有我一人,除了散落在
体表的星辰
我依靠这阵阵歌声确认
自己,并重建和外部的
关系:所有
即将被阳光和广场悬挂在前额的羽毛
都是幸存者。我在等待什么?难道是

另一个自己?我等待和他接吻,然后
受孕——宇宙之中只剩最后一个蛋壳

诗人的啼叫总让人察觉到还会有难过

灵境胡同口

骑车经过灵境胡同,路边的槐树依旧
高高举着万千叶子,人流依旧在红灯
下面集体拐弯
此时,我们都活在这一瞬
之中,包括坑洼以及沙砾
无论它们曾经
目击过多少张脸:无论这些脸是否还
存活。我坚信一条路就是一部地方志

消失的人们依旧走在上面,包括无法
收拢的落叶,它们的经历不需要目击

望月辞

一直跟着我。曾藏在李白杯底又缓缓
浮起、曾迎风垂泪又独自在松间留下
一人、曾有万千众生
又满目枯枝
曾将一条船拖入终点
又让它重新挂帆的月亮,一直跟着我
我们不说话,我们站在彼此的影子里

一直跟着我。我们都有一些阴晴需要
谅解,也有所剩无几的圆缺需要找回

中秋辞

——孟元老《东京梦华录》:"中秋夜,贵家结饰台榭,民间争占酒楼玩月。"

落在隔壁家窗棂上的月亮是一位故人
今晚,我有两个月亮,一个留给山冈
学习着辽阔
一个跟随暮色下来,恭候公元某年和
远行的街道。街道拖泥带水,唯深更

半夜才愿交出一半阴影,一半明亮的
伤心。现在,已没什么比人间更孤立
即便相聚也
没办法等到迟迟不来的谁。今晚,我
拎着月亮,轻轻拍打着每扇深掩的门

我要告诉他们，秋日盛大，我已回家
顺便带来一地白露和一位漫长的故人

西班牙《海市蜃楼》,一种剧情在反转

她在电视中看到了他,他也在另一侧
苦苦寻觅着她,两人相互跨时空关联
并表达出足够的爱意
这意味着
身边人是
不可靠的。命运及其
逻辑总不怀好意:我们憎恶正承受的
一切,并对过去未来给出浩荡的期许

能埋怨谁呢?剧情太偏了,一个不受
欢迎的时代埋伏着众多不受欢迎的人

水　殇

尚未开闸,整个水库在我的眼眶之内
因在上游,我的脸不会皲裂,巨石和
马背上的野火也
没有苏醒
三月了,五月了
小鱼已变成大鱼,水库边上的小木屋
依旧没打开门扉,在此居住的仙人或

露水还在锁孔里面长醉不起,这时节
天堂离人间最远,你说的那些使者都

没有复生为人类。水坝倒塌,又重新
站起,第一滴泪放弃伤痕,滚落下来

钓鱼归来

钓鱼归来，鱼在黑色的塑料袋里偶尔
一动，每次钓鱼回来都是这样，一动
又是一动，它们总会
在有限的空间中认命
并表达不甘。回来，还是经过这条路
多少年了，多少遍了，月亮跟在后面

像在确认我的脚印又像将它一一抚平

也许月亮从来没看见过我，如同我看
不到鱼儿只有七秒的妻离子散和情感

小　憩

那么短暂：鸽子经过蓝天，乌梅叶子
在窗户上打盹。现在，我是一个无用
之人，坐在遮阳伞下
有个蚂蚁
直接爬上
小腿，和一夜的风声
一样，竟然不回避偌大的黑：我已经
察觉不到自己的伟岸，比如，不可以

透过玻璃看我，因需提防突然而至的
破碎。一杯下午茶很久没动了，水面

已经落上飞虫，如果我也落上，短暂
一刻，被洗过的杯子能否决定先救谁

理想国

你见过呼啸的海浪吗？其中，帆船和
鲸鱼的骸骨不过是泡沫，更多的梦想
连同翅膀都包含在
闷雷声里
急剧喘息
想起了冰，想起了
秋风和无尽的生物体向时间的另一端
张望：一些已经融化，一些踩着前辈

前行，但已失去生存的技艺。记忆中
一块并不存在的陆地期待着谁来靠岸

而那个伟岸的舵手，根本就不在船上

一位极限运动员的素描

一个人就这么死了,我不知道该如何
撰写悼词:我们嘴里絮叨而出的语句
会打扰她
飞翔(因有生人的
气息)我想,死亡
并非她的
对岸(生而为人,并非一粒种子的
意思)我不认识她,现在,她已经

是具尸体(将来我们也是)唯一的
区别不在于她永远活在二十岁之前

而是在于她来自天上却死在了人间
人间的我们将不可救药地死在地狱

舞　台

你说，沉默而不喝彩的是人类的脊梁
沉默时代，沉默是暗地里生长的标枪
沉默是因为阴魂不散
沉默是因为伤痕加长

我始终对那个沉默的演讲者敬畏有加
没有听力，但我能看见他颤抖的唇齿

亚洲大酒店：晨跑

第一缕晨曦和洒水车是同时间出动的
水线以拱形落在地面，因为缺少阳光
故而无法沾染彩虹
因为不能
躲避，故而地面上
湿漉漉的，亮晶晶的，在这座干燥的
城市里面，一条铺满水珠的道路就是

中轴线：它一定是在最湿润的地方被
一分为二的，如同案板上的鱼，一定

自眼睛到尾鳍被一滴水剖成另外两条
现在，我沿着道路慢跑，并辨认着正

睡熟或者已经起床的芸芸众生的命运
水汽深情地跟着我沸腾、消失却无声

倾 听

键盘和舞台都集中他的嘴唇,当歌声
响起,我看见沉寂的音符突然间破裂
三角的或湿润的
皆来自同个方位,歌声里面
潜伏着一个色彩斑斓的胸腔
舞台下面,无数
植物摇动着黑色的手臂,由此而获得
发现内心的能力,镁光灯在空中旋转

一个巨大的虫洞在蓄积着自己的疆界
我闭眼,静止,以便迎接另一个我的

降临:我被歌唱者雕出了锋利的外表

家　事

地里有小麦、茄子以及西红柿，某年
父亲还曾种过芋头，母亲将它们煮熟
带着我去集市摆摊
对的，我和
两个妹妹可以说是
和庄稼、蔬菜一起长大的，收获一茬
我们就长高一寸，后来，孩子都搬到

城市里面，看不见庄稼和蔬菜，于是
就停止了生长，但父母依旧留在村里

种地，玉米超过了他们的肩膀，甚至
有几棵还看见了白发：几乎就在瞬间

那天我说错了一句话——最漫长的人
不过一生，最茁壮的粮食都一贫如洗

致一位老母亲

我想，相对于自己的孩子，她一定更
熟悉玉米和稻谷，熟悉温和的土壤有
将雨水挂满
枝头的企图，她也熟悉
一只硕大的虫子和杂草
一样，面对
干旱、贫瘠会心事重重，倔强的石头
不屈服暗夜，蝈蝈的叫声替它理顺了

某种走势。孩子是否理解她？他们都
知道生死如此清晰，却在其中安置了

许多悬而未决的粮食：碗内的一粒还
没发芽就粉碎性地进入更危险的一粒

豆腐匠

打浆,过滤,点卤水,他轻轻转动着
勺把,豆汁儿逐渐开始凝固。多年前
这已经是一门雄性的
手艺,多年前豆汁儿
就这么白,仿佛手无寸铁的每一天都
凝结在眼前这一刻。锅里面有模糊的

影子,你却没法辨认他是谁:豆花早
在他液态的头顶降落。火舌舔着锅底

里面有人合十,虚弱得如同一尊佛陀

幻　想

如果可能请将我安置在池塘边，让我
吞噬水纹和水草，让一条金黄色的鱼
泯灭我柔丝般的
人性，让无数个
落水者恢复国籍：一觉醒来，已没有
该死的尾巴。让我失败得没什么价值

当我试图将月亮捞出来放在自己身上

反光镜

抬身时恰好看到镜子里的自己,恰好
一束光打在面部
让我的脸色有些
互相矛盾,这不是过去的我,也不是

未来的我,当然,也不是现在那个最
合格的我:显然我是自己理想的杀手

来年儿和他的蔬菜

一大早,来年儿就到了菜园,西红柿
正在睡觉,黄瓜还留在昨夜不想回来
来年儿四十多了
尚没有
成家,来年儿和
疯疯癫癫的母亲过日子,父亲是什么
父亲早在郊外变成一堆不起眼的土块

来年儿按动电钮,卷帘机轰鸣着掀开
塑料大棚上的稻草席子,"上帝如果

看上了谁就会偷偷和他说话。"中午
有人发现来年儿家的塑料大棚只开了

一半，卷帘机压在来年儿的胸膛上面

西红柿和黄瓜早已醒来：来年儿睡了
娇艳欲滴的小花正在他身边次第绽开

修辞兼或主谓宾语

你是我唯一爱的人。在一部电视剧中
我听见了某种设置好的台词,但无论
如何,谁也没办法
捕捉忠诚
背叛到底
意味着什么,你看
每一双泪眼都是为当下而流,每一种
欢笑都无意识地证明自己是一个新人

我们并非有光之士,腐朽和繁荣正在
我们内部同时进行,且以台词的形式

家　庭

两岁时，孩子在他的脖子上咯咯地笑
再大一点，他习惯了每晚上给孩子讲
大灰狼和小白兔
十岁时，孩子开始拿白眼翻他
再大一点，他收到的都是孩子
要生活费的电话
孩子成家了，回来的就更少了，他和
老伴儿又恢复到了刚刚结婚时的生活

两副碗筷，一张双人床，但墙壁上的
照片和家里的种种摆设证明这里曾经

还有一人。这个时候他多不希望自己
是一个父亲，而是一个有父亲的孩子

傍晚,在三里屯

夜色上来了,那些无所事事的路灯们
依次找回了自己,有时,天边会挂着
一些不愿意
退却的晚霞,它们似乎
要带着有故事的人远去
再晚些时候
窗口、梦境和汛期都会落上锁,一些
原本喧闹的马路也会把自己挂满树枝

鸟声一定来自人类。而茂盛的江山啊
将征服者描绘成伸手不见五指的样子

房后檐下

我在房后栽了一些黄瓜、扁豆和花生
阳光很少光顾此处,但果实依旧茂盛
我的劳动依旧被篱笆和
喜鹊看懂
几只喜鹊
经常在傍晚的杨树上面
俯视着我和椭圆形的荚果,而事实上
我并没有深耕,四季之中,总潜伏着

某种幸福,绿色占据春天,鸟鸣以及
金黄色的谷禾一遍一遍收割着潮湿的

泥土。大多时候,你不需要的杂草在
某个角落那么肤浅又那么深邃地活着

寻 常

我能掌握的生活都在眼前,洒水车将
湿润的阳光均匀地铺在一天开始之处
木槿花置身角落里
它看见人流如同蜜蜂一样
怀揣着小小的惊涛和巢穴
每个早晨,积雪都
会聚集在山顶;每个傍晚,鹰隼都会
和散发着光芒的孩童一起站在阳台上

化身遥远而切近的守望者。路上走着
我有小兽似的平凡的快慰,也有猛虎

一般的牙齿:你要学会品尝铁的栅栏

园　子

烈日炎炎,园子里正午时光复热如昨
栅栏边上,那些松散的倒影略有皲裂
蔬菜发蔫儿,但却
是土壤最好的慰藉
我正浇水,远山和一些白云同我保持
足够的距离,我能摘取的所有果实都

不在身上:得到过的流年也若即若离

我看见韭菜畦中很突兀地长出棵玉米
哦,故乡劳作的双亲会不会忽然想起

种过的园子:我在玉米旁边捉蛐蛐儿

地　震

午夜，阵阵颤抖将我惊醒，大地又在
说话，倾听的人连同万物却都在另外
一个时区
山谷开裂，河水暴涨
许多人工建筑都化为乌有，上天正
回忆往事，他有自己不需认可的一生

寒冷中，我欠自己一个怀抱

没有比冬天更明晰的季节了：冰冷的
空气里面行走着温暖的身躯，一连串
绿意在荆棘中
沉睡，北风穿越丛林时的呼哨
来自不甘以及一些事物的内部
在山脚，隔着
一只麻雀体验冬天最好，陡峭的人心
里面，一张毛绒而干净的脸探头探脑

是的，冬天和我们相安而处，不论谁
不怀好意还是心存悲悯都先裹紧自己

鹦鹉之舌

鹦鹉开口了,一连串语焉不详的句子
自弧形的嘴巴里涌出,一刹那,院子
停滞在某一刻:茶水留在
自己的漩涡中
三角梅将阴影
拉回了枝头。我和客人都
没有听清这只深谙世事的鹦形目动物
在指责什么,但这并不影响它的腹语

腹语。我们倾听鹦鹉的腹语,世界和
它的主人则观察一个时代模糊的笼子

家，一种态度

不必为我的婚姻难过，至于我娶了个
什么样的人，长远而言和蚂蚁拖一枚
不能移动的叶子并无
分别，你要
去接受猎枪
和不愿意逃生的目标
当枪管抬起，我们内心已经有了结果
何必忌讳谈论最坏的结局？活着已是

最坏，你的野心都是自己捉弄的对象

哦哦，请不要拿悲伤去唤醒眼前一刻

夜·火锅

记得火锅里全是不可饶恕之物,牛羊
和青草关系难以改变,你能接受的火

都在暗处。执迷,顿悟,这个世界的
弯曲不是谁可轻易捕捉,漫长的活着

不过一世。醉心于毁灭,我们都算是
一触即发的沉默:不言,动静里面有

独自运动的碗筷。沸腾,燃烧,我们
把牛羊当作是可以驱赶和圈养的口舌

伏　夏

荒芜的园子中长着野草,斑驳的墙壁
里面长着不知名的窗户,雨水落在我
刚刚醒来的梦上
滴答,滴答,内心湿润和慢慢
清晰的远山已经隐隐约约听到,你要

当心,我看见白纸上滚下斗大的闷雷
我看见所有归途都在以降落代替宽恕

江西·朱耷衣冠冢抒怀

记忆中不只去过南昌一次，但我并不
喜欢滕王阁，落霞中翻滚的不过是些
老掉牙的新故事
我更愿意往前走
躲开怀揣豪言壮语的行人，在乱草中
拜谒一下朱耷墓。据说画师赤身裸体

走了：尘埃里面
不能埋着会腐烂的骨肉。当单纯面对

这个土丘，我既不用难过也不必追思
一个人借个地方简单地荒芜并非坏事

阿克苏

一个维吾尔族老人说：我们这里葡萄
长在山上，河水长在山上。如果不信

看那天空，整片
整片蔚蓝是火焰和雪莲
蓄积之处。初到阿克苏
我把这当作谶语

但城里车水马龙人潮澎湃和内地一样
场上洁白的羊群保持低空飞翔，几匹

小马驹练习奔跑，草尖沸腾着茂盛的
国土。唯一感到惊异的是塔里木河畔

一条鱼慢条斯理地在水花中徘徊不定
似乎寻找着天上流经下来的蔚蓝果酱

跋 "平常"诗学是如何展开的

新诗百年前后,学界掀起了一轮轮对诗歌这门"最高文学成就""语言的最高成就"的检视与反思,究竟"什么是诗歌""诗歌为什么"成为当下文坛关注的焦点。但不管怎么探讨,诗歌作为对生活的一种诗意表现和书写,都是探索人生价值的一种利器、观照社会愿景的一面镜子。

笔者曾在《谭诗录》中颇为意气地认为,"诗歌之伟大在于,她使内在个我的敞开成为可能。"又提出,"诗歌是一个人的事情。也就是说,诗歌此在个体本心,是个体之'我'察觉世界的情感悸动和隐秘体验。"显然,在个人的理念中,诗歌绝不是技巧、技艺、技术的生成物,而是源自于自然,或者说忠实于诗人自在的内心。这意味着,"诗歌只存在于诗人本心之中而不在身体以外——这么看来,诗人自身便是一个超现实主义的秘密界域，而诗歌则是一种主体觉醒，人一旦借助诗歌觉醒，世界就在他的内生状态里了。"上述言语虽不免斩钉截铁，但也恰恰印证了济慈先知一般的观察："如果诗歌的来临不像树叶从树上长出来那么自然，那么它最好就不要来临。"而按照D.H.劳伦斯的解释，诗歌应该像一棵木槿一样"松散""自由"。这种借助诗歌对个体/自然的追寻并非现代诗人才怀有的利器或情缘，事实上，中国古代诗歌也把言意合一、道器合一视为主体探求、皈依的目标和个我的精神性构建过程，即诗人经由"虚静""忘我"的创作/心理状态实现物我两忘、主客合一。

和绝大多数人一样，笔者也是一个普通的上班族，每天朝八晚五，通过地铁将自己由郊区搬运到城里，然后又将自己从城里搬回郊区。在地铁里用手机创作，是打发时间的唯一方式，迄今为止，所有作品都是在地下兜兜转转的状态下完成的。这个过程让人发现，在地下穿梭更能真切地体验飘浮的命运；也让人发现，文学包括诗歌不仅仅是一种自我发现，还承担着对周围的"他人"和更广泛的人类命运的发现和关注。关于诗歌创作，个人没有更好的阐释，但却深刻地知道，诗歌的身份是什么。马里奥·略萨说，作家的责任就是"要用想象力穿透生活"。不严谨地说，穿透就是诗歌的身份。一个诗人既探知脚下，又仰望星空，这是穿透；既回溯过往，又面向未知，这也是穿透。而最简单、最直接的穿透就是，个人有自己的生活/困境，心里却装着别人、装着世界。这个层面上，所谓穿透，就是通过诗歌在古今、中外、我和他者、小我和大我之间建立起情感的逻辑关系。

据《论语·阳货第十七》："子曰：'小子，何莫学夫诗？诗，可以兴，可以观，可以群，可以怨。迩之事父，远之事君；多识于鸟兽草木之名。'"这里，切不可将诗歌当作目的性、工具性的东西。孔子认为，通过学诗，其精义可以内化为我们看待这个未知世界的一种观念乃至价值体系。这个意义上，诗即人。通常我们将诗歌这种"纯洁无邪的事业"看作语言的最高成就，但在突出语言的同时忽视了一个根本的问题，诗歌是人的自我吟唱，当诗歌被书写出来，作者实际上是在进行自己的精神性构建；我和万物乃至他人的区别，是底建于抒情性词语基础之上的。基于此，林语堂将诗歌看作是宗教的替代物,他说:"盖宗教的意义为人类性灵的发抒,为宇宙的微妙与美的感觉,为对于人类与生物的仁爱与悲悯。宗教无非是一种灵感,或活跃的情愫。中国人在他们的宗教里头未曾寻获此灵感或活跃的情愫,宗教对于他们不过为装饰点缀物,用以遮盖人生之里面者,大体上与疾病死亡发生密切关系而已。可是中国人却在诗里头寻获了这灵感与活跃的情愫。"换作海德格尔的话说,则是"人类此在在其根基上就是'诗意的'"。

林语堂还说:"中国人特性的写作天才,长于约言、暗示、联想、凝练和专注。"但令人气馁的是,我们大多数人都不是天才,都属于老实巴交的文字工作者。就个人的创作而言,一直试图在一些看似平常的事物身上发现诗学意义,也就是通过日常之"物"进行对自我和世界的省思,进而建立起"自古典要诗艺、自日常要诗意"的诗学范式。具体说来,这种"平常"诗学包含三个维度。

一是时代的。李少君说:"诗人总是成为感知时代的先锋,诗歌总是成为时代的号角和第一声春雷。"诗歌最能代表一个时代的风貌,最能引领一个时代的风气，也就是说，诗歌是人类思维与社会现实融合而生的最直接的精神产物。能否贯彻"诗歌是生活的表现"这一命题，不仅是现实主义所倡导的准则和方向，也是一个诗人"写什么""怎么写"的创作态度问题。要通过诗歌参与和介入现实，直面时代，通过关注人类的生存和精神的成长，在时代这个宏大的系统中"发现"自己，找到自己的价值坐标。

二是生活的。从本源意义上说，生活是诗歌的唯一源泉。不过，尽管个人无时无刻不处于宏伟的历史潮流之中，但正在进行着的生活才是人最直接、最根本的"环境"。"日日新"的山河之美、自然之魅包括锅碗瓢盆都给诗人带来新的灵感和冲击，激发新的想象和理想，催生新的生活方式和观念价值。诗人要学会通过诗歌将个人之内心和生活密切结合起来，让诗歌成为一种日常生活或日用气质，从而让自己的创作真正具备一种"接地气"的精神品格。

三是自然的。如果说中国诗歌和西方诗歌有共通的地方，一言以蔽之就是"自然主义传统"。当代诗人心目中的自然某种意义上区别于陶渊明式的寄情自然，即仅仅将自然和"情感性"书写等同起来，而是更倾向于一种"思想性"书写，自然不是诗人咏叹的对象和目的，而是通过它将个人的思考引向宇宙层面，进而创造出自身的时空世界：自然退居第三位，个人位居第二位，而生命、时间和命运则成为主体和主题。诗人要通过自然的、环境的诸事诸物的书写，在个人与世界之间建立起"亲缘关系"，实现生命、身心与自然的同质性统一。

还有一个问题需要引起注意。商品经济时代，很多文艺样式都饱受冲击，趋于热闹化、表面化特别是喧嚣化，一个好的诗人要守得住清贫、耐得住寂寞、经得起诱惑，安静地面对周遭世界发生的一切。同时，也要记得，诗歌就是诗歌，诗歌不是谜语，也不是口水，更不是相声式的卖机灵、抖包袱，要有味道，有意境，不要过多追求晦涩的词句、玄奥的意象，要学会以情动人，锤炼"问题意识"，展开"生命之问"。

正基于此，个人才会认为诗歌是一个人的且是终生的事业，亦即诗人并无专业和业余之分，海德格尔便强调说："每个伟大的诗人都只于一首独一的诗来作诗。衡量其伟大的标准乃在于诗人在何种程度上致力于这种独一性，从而能够把他的诗意道说纯粹地保持在其中。"而"问题意识""生命之问"恰恰是沟通个我和他者的中介，因为诗歌追求的不是启蒙主义意义上的完全个人，而是能为个我和他者提供归属的价值系统，按照勒韦尔迪的话说："诗歌不仅仅是才智的表演。诗人写诗不是为了消遣，也不是给某些读者解闷。诗人的心灵充满着忧虑，他挂虑着那些不顾一切阻碍，把他的心灵与外部的可感世界联系起来的依赖关系。"

如果诗歌不仅仅是才智，不仅仅是消遣，那就是诗人内在灵魂在起舞了。

这本《君子作歌》是个人的第六部诗集，书名出自《诗经·小雅·四月》，没有别样深意，只是想唱歌罢了。本拟单独写篇跋，发表下意见，想起《谭诗录》出版后无甚话说，也就罢了。权且将获东丽文学大奖时的发言提纲"拼凑"、铺陈一下附缀于后，以作貂尾。个中观点在些许文章中讲过了，重叠之处，敬请理解。第五部诗集《倾听巴赫和他内心的雪崩》本是一年的"日记",因过于沉厚,从湖南文艺出版社劝,扣留141首未收入,现加上今年元旦后写的22首,有了今天的模样。

中间停笔一年又半载,已不知今夕何夕了。

2022.1.5 于京西虎变堂